Mateo's Progress

Tales for Children of All Ages

ALEJANDRO LORENZO
Translations to English by KAORI

Cuentos para niños de todas las edades

Jornadas de Mateo

Pureplay Press, Los Angeles

Earlier versions of two stories were published by Ediciones Diferentes, Baja California, México, 1992.

Please address all correspondence to: info@pureplaypress.com or to Pureplay Press, 11353 Missouri Ave., Los Angeles, CA 90025.

Library of Congress Control Number: 2003095034

ISBN 0-9714366-3-0

Cover and book design by Wakeford Gong

Printed in the United States

A Vee Mahoney

I. Flowers on Their Heads

I. La Flor en la Cabeza

Mateo the shoemaker was a gracious man. His most fortunate gift was to understand his customers by looking at their feet. He could tell generous people from hating, distrusting ones. He knew who was a criminal, and who would lend a hand in times of adversity.

El zapatero Mateo era un hombre respetuoso. Su mayor riqueza consistía en lo que podía descubrir en los pies de cada cliente: quién era bondadoso o misántropo. Qué persona había cometido anónimos crímenes o era capaz de extender la mano en medio de la adversidad.

One morning he realized a flower had sprouted on top of his head.

Una mañana descubrió que le había nacido una flor.

Each time he cut it off, a bigger and more beautiful one grew in its place.

Muchas veces se la cortó, pero cada vez que lo hacía le surgía una más grande y más hermosa.

When people noticed a sunflower atop him, they began whispering. And he saw the flower had sprung up to bring him grave misfortune.

Cuando la multitud lo contempló con aquel enorme girasol, comenzó a murmurar. Y él pensó que su flor le había germinado para traerle graves contratiempos.

One day a group of angry people ran after him, throwing stones. For the first time in his life he felt like a hunted deer.

Una mañana, un grupo de hombres enfurecidos corrieron tras él arrojándole guijarros. Por primera vez tuvo la sensación de ser un venado perseguido.

In the presence of a large crowd, he was read a decree ordering his expulsion from the country. With hopes of returning some day, he agreed to leave.

Una tarde, frente a un público numeroso, le leyeron un decreto que ordenaba su deportación. Él aceptó marcharse con la esperanza de retornar algún día.

In a distant land, four surgeons rooted out his sunflower.

En un lejano país, cuatro cirujanos le arrancaron su girasol.

After ten years he was still in exile and eager to go home.

Él había pasado diez años en el exilio y estaba ansioso por volver.

When he came back, he was amazed at what he saw. The very crowds that had accused him of disgracing the nation were proudly walking around with huge and beautiful flowers growing from their heads.

Cuando llegó, le causó asombro lo que veía. Aquella multitud razonable, la misma que lo había acusado de ser uno de esos que tratan de deshonrar a la nación, ahora caminaba orgullosa por las calles, porque en sus cabezas, desde hacía algún tiempo, les habían nacido unas enormes y bellas flores.

At that moment he understood he had no place in his beloved country; and he knew he must again take flight, because history was about to repeat itself.

Entonces comprendió que nada tenía que hacer en su amada tierra; y nuevamente debió correr, porque se iba a repetir la historia.

II. Lighthouse Keeper

II. El Farolero

Without him, neither sunrise nor seagulls would dance to the music of the winds. He was a lighthouse keeper.

Sin él, la aurora y las gaviotas no bailaban al compás de los vientos. Era farolero.

That evening seemed to be the longest he had ever spent. A youngster was coming to relieve him of his job. He knew the time had come for him to retire. His hands were swollen from moving the lighthouse lamp so many times. His hair had gone white from worrying about storms, and his eyes could no longer discern faraway signs of danger.

Aquella tarde fue la más larga de toda su vida. Un joven venía a sustituirlo. Él sabía que era hora de retirarse. Ya sus manos estaban hinchadas de tanto mover el farol. Había encanecido por las tensiones que provocan las tormentas y su vista no distinguía cualquiera de las lejanas señales de peligro.

The new lighthouse keeper brought up-to-date equipment for spotting regions of turbulence on the sea. He was young, and looked reliable. His name was Mateo.

El nuevo farolero portaba aparatos modernos que indicaban las zonas turbulentas del mar. Parecía responsable y se llamaba Mateo.

"I'm here for you to train me," Mateo told the lighthouse keeper.
"Are you sure?" the old man asked in surprise. "I'm leaving this island tomorrow. How am I supposed to train you?"
"But who told you to go?"
"So you want me to stay?"
"Of course!" Mateo exclaimed.
The old man's face lit up, and from happiness he started singing to the blue iguanas that were sleeping peacefully.

—Estoy aquí para que usted me oriente —le dijo Mateo al farolero.
—¿Es cierto lo que dices? —le preguntó el viejo, sorprendido—. Como mañana debo marcharme de esta isla, ¿de qué forma podré enseñarte?
—¿Y quién le dijo que debía irse?
—Entonces, ¿quieres que me quede?
—¡Claro!— exclamó Mateo.
Al anciano se le iluminó el rostro y de lo contento que estaba comenzó a cantarle a las iguanas azules, que a esa hora dormían plácidamente.

Next morning, as part of training, they took off in a shallop. The veteran lighthouse keeper told Mateo about the waves and their characters.

Al siguiente día, como parte del entrenamiento, salieron en una ligera chalupa. El experimentado farolero le explicaba a Mateo el carácter de las olas.

“Crystal Wave is gentle and feminine. In her unhurried motions, you give yourself up to the threads of a dream. Stony Wave resists the pounding of the wind, and has become wise with age. By reading her, many sailors can find the best routes for their long voyages. We have the Kindly Wave whose hands reach out to save those in distress; and the Quiet Wave who preserves the fragrance of our coastlines. But then we have a wave that cannot get on with anyone. This is Ola Magna, the Big Wave. With her insatiable appetite, she rends the strongest of ships and floods the fishermen’s villages. You can recognize her by the black waters of her belly. One day, you and I will have to face her whims.”

—Ola Clara es suave y femenina, su lentitud es como entregarse a los hilos de un sueño. Ola Fósil resiste la agonía del viento, es sabia por su edad, y muchos marinos descifran en ella la ruta correcta de sus largas travesías. Existe la Ola Indulgente, cuyas manos salvan a los náufragos, y la Ola Callada, que conserva el olor de las costas. Pero la que desentona con cualquier ola, es Ola Magna. Con su insaciable apetito, parte en dos a los mejores navíos y sumerge las aldeas de los pescadores. La reconocerás por las aguas negras de su vientre. Tú y yo, algún día, tendremos que enfrentarnos a sus andanzas.

Spring and summer went by, and a strong friendship took root between the old man and Mateo. On that piece of earth, Mateo learned from the lighthouse keeper how to recite poems to the dolphins, and how to feed the wandering birds that sought shelter there.

Pasó la primavera y el verano. Entre el anciano y Mateo nació una sólida amistad. En aquel pedazo de tierra Mateo aprendió del farolero a recitarle poemas a los delfines y a darle de comer a los pájaros errantes que buscaban refugio.

On a night in winter the sky turned red, and in the sea the fish were exhaling sounds of worry. The winds attacked in force, and the moon had become a dark stone that struck terror in everyone.

Una noche, ya en temporada invernal, el cielo se tornó rojo, y en el mar los peces emitían sonidos inquietantes. El viento embestía con fuerza y la luna se había convertido en una piedra oscura que convocaba al terror.

"It's Ola Magna!" the lighthouse keeper cried. "And going after the children's schooner, of all things! We have to stop the wave, or we'll have a catastrophe!"

—¡Es Ola Magna! —anunció el farolero—. Para colmo amenaza con destruir la goleta de los niños. Es necesario detenerla antes de que ocurra una catástrofe.

The lighthouse keeper went briskly to the jetty, carrying a long saber. He got into the shallop and started the small motor.

"Please, master, don't be rash!" Mateo cried out. "That wave can grab you, and then I will have no one to show me how to sing to the gulls. Let me go. I'm strong, and I can swim."

El farolero caminó hacia el embarcadero portando un largo sable, entró en la chalupa y encendió el motor.

—Eso es una locura, maestro —le gritó Mateo—. Esa ola lo puede atrapar y no tendré quien me enseñe a cantarle a las gaviotas. Déjeme ir, soy fuerte y sé nadar.

“My boy, when a man has only a few years left, he has the right to do his life’s greatest deed,” the lighthouse keeper answered. “Don’t hold me back. You don’t know how many times I’ve wanted to destroy that wave! What can happen? The end? Some day my hour must come. If I sent you on the mission and something befell you, I would be here by myself until another lighthouse keeper came, and that I could not stand. You’re a strong, intelligent young man. You can turn this island into a paradise....”

And Mateo could only watch him go.

—Hijo mío, cuando a un hombre le quedan unos pocos años, tiene el derecho de realizar la mayor proeza de su vida —le contestó el farolero—. No me retengas, no sabes cuántas veces he añorado acabar con esa ola. ¿Qué puede suceder? ¿El fin? Algún día tiene que llegar mi hora. Si yo te encargo esta misión y te ocurre algo, me quedaría solo hasta que llegara otro relevo, y para mí ese tiempo de espera sería desastroso. Tú eres joven, fuerte e inteligente y puedes convertir esta isla en un sitio maravilloso...

Y a Mateo no le quedó otra alternativa que verlo partir.

Ola Magna saw him coming. Her laughter was that of a creature who feels invincible.

Ola Magna lo vio acercarse. Su risa era la de una criatura que se creía invulnerable.

The prow of the little boat hit into the wave's crest. On feeling the blow, Ola Magna raised her huge arms and furiously engulfed the craft; but the lighthouse keeper, with a rapid movement, thrust his sword into the middle of the wave's belly. The waters convulsed with a dreadful sound; then all was calm once more. The children's schooner was safe—and of Ola Magna, as of the lighthouse keeper, nothing more was heard.

La proa de la chalupa tocó su cuello. Al sentirlo, Ola Magna levantó sus brazos enormes y enfurecida envolvió a la embarcación; pero el farolero, con un rápido movimiento, le clavó el sable en el centro de su vientre. Hubo un ruido tremebundo en aquellas aguas y luego se restableció la calma. La goleta de los niños había sido salvada, y tanto de Ola Magna como del farolero nada más se supo.

When the schooner passed near the isle, the captain ordered tricolor standards raised in honor of its savior. Mateo, from the tower, tried to say it was not he but the old lighthouse keeper who had saved them from the dreadful wave. Passengers and crew took this for a sign of modesty and kept up their expressions of gratitude, firing salvos and throwing flower-baskets and boxes of caramels into the water that reached the shore of the isle at dawn.

Cuando la goleta pasó cerca del islote, su capitán ordenó levantar banderas tricolores en honor a su salvador. Mateo, desde la torre, trató de explicarle que no era él quien los había liberado de la temible ola, sino el anciano farolero; pero tanto la tripulación como los pasajeros interpretaron los mensajes de Mateo como una muestra de modestia, y continuaron con sus expresiones de agradecimiento: disparando salvas, lanzando al mar cántaros de girasoles y cajas de caramelos, que al amanecer llegaban a la orilla del islote.

III. The Village of Little People

III. La Comarca de los Hombres Pequeños

This was a land of little people who hallowed the giant trees in their midst, and who pined for the rivers and seas as for lovers beyond their grasp.

From ancient times they had worked the land and built their dwellings in the folds of a fertile valley. After dusk they played games, drank and danced in the streets.

A copious innocence was said to dwell in the souls of the little people, because they grew disquieted whenever they saw a shooting star.

Se trataba de una comarca de hombres pequeños. Por ese motivo veneraban los árboles grandes y frondosos que allí crecían, y amaban las aguas del mar y de los ríos como si fueran novias inalcanzables.

Desde muy temprano los hombres pequeños trabajaban la tierra y construían casas en los contornos de un valle fértil. Al anochecer solían beber, jugar y bailar en las plazas.

Se decía que en las almas de los hombres pequeños habitaba mucha inocencia, porque se inquietaban cuando en la noche descubrían el paso de una estrella fugaz.

Among the little people Mateo lived as a cabinetmaker. He also carved wooden horses and sold them as toys to the people, so they would not forget their love of riding.

En aquella comarca vivía Mateo, un carpintero ebanista que fabricaba y vendía, como juguetes, caballos de madera para que los hombres de su pueblo no olvidaran la pasión por cabalgar.

One day there appeared an Enormous Man whose huge and powerful hands looked capable of propping up the edges of a planet.

Un día apareció un Hombre Enorme poseedor de unas manos largas y fuertes que parecían capaces de sostener los bordes de un planeta.

The little people, who had never seen anyone so immense, were enchanted.

Los hombres pequeños, que nunca habían visto a una persona de tal dimensión, quedaron fascinados con su presencia.

The Enormous Man carried a sack on his shoulders. He put it on the ground and began removing articles from it.

El Enorme llevaba sobre sus espaldas un gran saco que colocó en el suelo y del cual extrajo una variedad de artefactos.

"With this lightning bicycle you cross a continent in only a few hours. This is a clock whose hands never stop. With perfect precision it marks the ages of splendor and danger, of heroism and defeat, of anxiety and idleness. This is a coffee maker that sings. This is an accordion whose sensuous notes inspire love. This is a white tablecloth you never have to wash. Here is a machine to dry your tears. This glass is always full of water, no matter how much you drink."

—Esta es la bicicleta relámpago que les hará cruzar un continente en tan sólo unas horas. Aquí les muestro el reloj mecánico, cuyas agujas nunca se detienen y marcan con exactitud el tiempo del esplendor y el tiempo de los peligros, el tiempo heroico y el tiempo de la derrota, el tiempo de la prisa y el tiempo de cualquier pereza. Esta es la cafetera que canta, el acordeón de notas voluptuosas que atrae al amor. Los manteles blancos que nunca se lavan, la secadora de lágrimas, la copa que siempre contiene agua por más que en ella se beba.

The little people grew restless. They asked the Enormous Man where they could get such wondrous things.

“I know of a kingdom where these devices are available to everyone,” he said. “The kingdom is far away, and very difficult to enter. Great sacrifices will be needed in order to get there. But I promise that when you arrive, you will see the effort was worthwhile. I will lead the way. Whoever wishes to undertake the journey, cut your ties to this life and prepare to follow me. Above all, have faith.”

Y los hombres pequeños comenzaron a sentir ansiedad y a preguntarle al Enorme dónde se podía adquirir aquellos fabulosos objetos.

—Conozco un reino donde estas invenciones se encuentran al alcance de todos —les dijo—. Ese lugar se halla distante e inexpugnable. Se requiere de mucho sacrificio para llegar hasta allí. Pero os aseguro que cuando lleguen, comprenderán que valió la pena tal enorme esfuerzo. Yo los guiaré. Quienes se encuentren dispuestos a emprender el viaje deben seguirme y abandonar lo que los ate a su vida presente. Y por encima de todas las cosas, confiar.

Mateo tried to warn them of the danger; but a good many people did not listen. He filled up with sadness as he watched them fall in behind the Enormous Man, intoning hymns of hope.

Mateo trató de advertirles del peligro que corrían, pero buena parte de aquel pueblo no lo escuchó. Colmado de tristeza contempló como, entonando himnos de esperanza, se iban tras aquel Hombre Enorme.

Blood flowed among the hordes who were trapped in an illusion. On their long march the masses fell silent. Day after day, week after week, they pressed forward with no sign of their promised land. Women who had left their children died with sand in their mouths. The stronger ones threw off the weaker, who had already turned to dust. The Enormous Man was really an Enormous Madman, and he was using his colossal hands to break those people who had started to doubt him.

Corrió la sangre entre las huestes atrapadas en una ilusión. En la marcha la muchedumbre enmudeció. Día tras día, semana tras semana, caminaron sin encontrar señales de aquel reino prometido. Las madres que abandonaron a sus hijos murieron con las bocas llenas de arena. Los más fuertes se deshacían de los que ya se habían convertido en polvo. El Hombre Enorme era para ese entonces un Enorme Hombre Loco que aplastaba con sus manos largas a los que empezaban a desconfiar de él.

The Madman, who all along that senseless journey had not ceased to prophesy, came up to an abyss and told his followers: “Here is the promised land. Like all promised lands, it is deep and nebulous. Now is the moment of our final effort. I will go first.” He jumped—and with him the few who remained in that crusade.

El Enorme Hombre Loco, que en aquel absurdo viaje nunca había dejado de profetizar, se detuvo frente a un abismo y les dijo a sus seguidores: “He aquí nuestro reino, es profundo y oscuro como deben ser los reinos prometidos. Es la hora de realizar el último esfuerzo. Yo seré el primero en dar el ejemplo”. El Enorme Hombre Loco saltó hacia lo más hondo de la tierra y junto con él los pocos que ya quedaban de aquella cruzada.

Many years went by. In the little people's village, two generations were born from those who had not followed the huge man. By now Mateo was quite old, a living symbol of remembrance whom the younger people always consulted.

"Where would we be without his memories?" they wondered. "He is the only one who knows the ancient scriptures, and the genesis of the vine that grew to become like the sun's halo. He knows the history of our homes—which ones, at a certain time, used to be made from marble, and which from red oak."

Transcurrieron muchos años, tantos, que en la comarca nacieron dos generaciones de hombres pequeños, descendientes de aquellos que no siguieron al Enorme Hombre.

Por esta fecha Mateo era ya un anciano, y para los más jóvenes significaba la memoria viva a la cual es siempre imprescindible consultar.

—¿Qué seríamos nosotros sin sus recuerdos? —se preguntaban—. Porque es el único que sabe las escrituras antiguas y sobre el génesis de la yedra que creció tan alto hasta que se convirtió en un cabello del sol. Él conoce la historia de nuestras viviendas. Cuál en determinada época fue construida de mármol y cuál de roble rojo.

Abruptly, from out of nowhere, a Second Enormous Man appeared in the village, as striking as the earlier man. This man did not carry a sack of devices. Rather, his glance was a smooth arrow that pierced the souls of all who looked up to him. So honeyed was his voice that all who heard it were convinced.

Sin embargo, en la comarca de los hombres pequeños no se supo cómo, ni de dónde, surgió Otro Hombre Enorme, tan impresionante como el anterior. En esta ocasión no traía un saco lleno de artefactos, sino que su mirada era una suave flecha que atravesaba la mente de los que lo admiraban, y el tono de su voz era tan dulce que, al escucharlo, cualquiera quedaba convencido de que era cierto lo que decía.

The Second Enormous Man proclaimed the existence of a kingdom free of faults, where wealth was divided among everyone and where people were offered a potion that would make them tall, strong and everlasting.

El Otro Hombre Enorme hablaba de la existencia de un reino libre de faltas, donde la riqueza era repartida entre todos y a los ciudadanos que allí vivían les ofrecían un brebaje que los transformaba en criaturas fuertes, altas y eternas.

The inhabitants of the village sent for Mateo to find out what he thought and what they should do with this Second Enormous Man who was promising so perfect and humane a kingdom. And, as it happens, our story has two possible endings.

Los habitantes de la comarca mandaron a buscar a Mateo con la intención de saber qué pensaba y cuál decisión se debía tomar con ese Otro Hombre Enorme que prometía aquel reino tan perfecto y humano. Y es así como en esta historia surgen dos posibles finales.

First Ending: Mateo looked at the man for a long time, listened carefully to each one of his promises and then told the people:

"I have come to the conclusion that even if the yearning for a better life gushes from his tongue, this Second Enormous Man is extremely dangerous. I advise you, for the good of everyone, to finish with him."

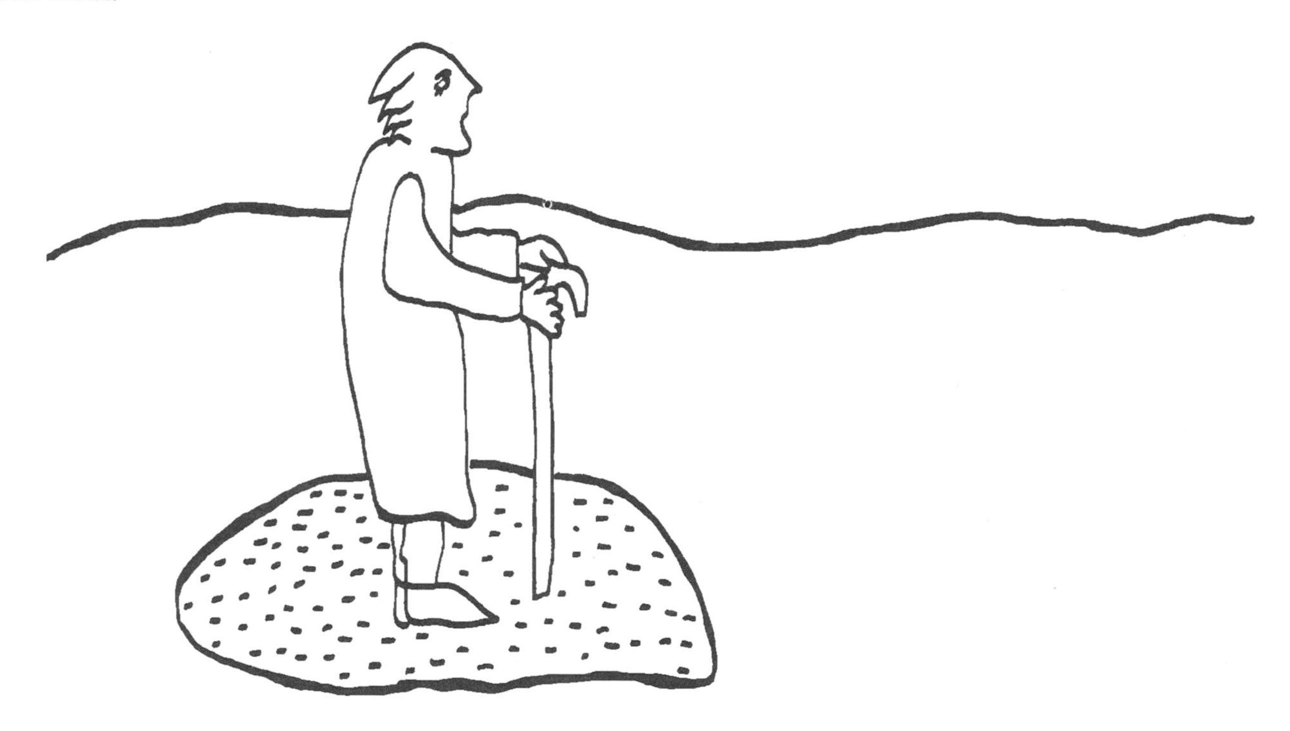

Primer Final: Mateo lo observó detenidamente, escuchó con calma cada una de sus promesas y le dijo a su pueblo:

—He llegado a la conclusión de que este Otro Hombre Enorme es sumamente peligroso, aunque por su boca brote el afán de crear una vida mejor. Les aconsejo, por el bien de todos, acabar con él.

Armed with hammers, farming tools, sharpened knives and even dressmaker's scissors, the little people knocked down the Second Enormous Man and, without a moment's doubt, hacked him to pieces.

Los hombres pequeños, portando martillos, aperos de labranza, estacas afiladas y hasta tijeras de costurera, derribaron al Otro Hombre Enorme y, sin dudar ni un instante, lo despedazaron.

Second Ending: Mateo gave the same advice, but many of the villagers did not take his words to heart. They looked on him as a broken-down old man, unable to risk himself in the quest for a better future. Hoisting flags and standards, intoning new hymns, their hearts full of hope, they fell in behind that Second Enormous Man whose kingdom, as distant and indefinite as the first, they were sure they would reach.

Segundo Final: Mateo dio la misma sugerencia, pero buena parte de los habitantes no lo tomaron en cuenta. Lo consideraron un viejo decrépito incapaz de arriesgarse en la búsqueda de un mejor porvenir. Fue así como que aquella gente, portando estandartes y banderas, cantando nuevos himnos, marcharon llenos de esperanzas tras aquel Otro Hombre Enorme a cuyo reino también lejano e impreciso todos estaban convencidos de llegar.

IV. The Boy Who Became a Bird

IV. El Niño Que Se Convirtió en Pájaro

A boy

Un niño

swallowed a bird

Se comió un pájaro

and became a bird.

Y se volvió pájaro.

The bird who had once been a boy, who had played games as a boy and looked at life as any boy would, now saw he would face many hardships.

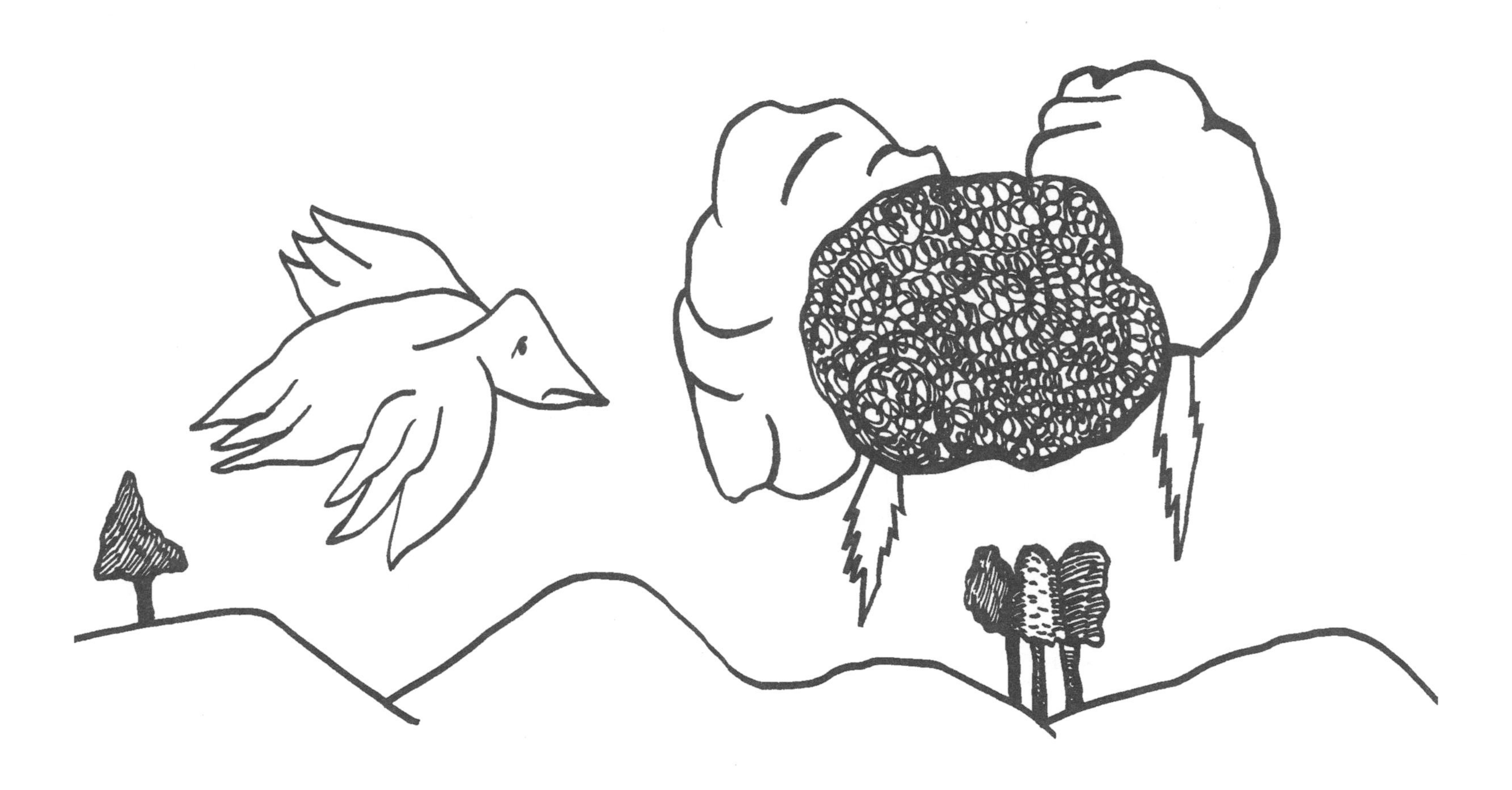

El pájaro que un día fue niño, que tuvo juegos de niño, que veía la vida como cualquier niño, supo que se enfrentaría a muchas adversidades.

n
s

Perched on the branch of a ceiba tree, he began to weep.

Posado en la rama de una ceiba empezó a llorar.

He longed to go back home, to be near his parents, who at bedtime tucked him into sheets of splendid softness to keep him from having bad dreams. He understood that every cruel act bears its just penalty. And he knew he had been cruel to swallow that bird.

Anhelaba volver a su casa, junto a sus padres, que a la hora de dormir le acomodaban sobre su cuerpo sábanas de esplendorosa suavidad para que nunca tuviera malos sueños. Comprendió que cualquier acto cruel conlleva su propio castigo. Él había cometido uno al tragarse aquel pájaro.

Mateo, walking in places of dense vegetation, heard the sound of weeping. He came close to the tree and asked: "What's the matter? If you're crying, you can talk; and if you can talk about your problems, you can resolve them."

"How can you be speaking with me if I'm a bird?"

"Because I haven't bothered about such differences in a long time. For me, a beetle is as big as an elephant. A man can be as helpless as a worm in a cornstalk. When we think we're better than others, we can't make contact with those we consider inferior, and we lose the chance to know so many of the beings that live on this earth."

Mateo, a quien le gustaba pasear por los parajes de abundante vegetación, escuchó su llanto, se acercó al árbol y le preguntó: —¿Qué te sucede? Si lloras es que puedes comunicarte, y si te comunicas, los problemas que tengas se solucionarán.

—¿Cómo puedes hablar conmigo si soy un pájaro?

—Pues, porque desde hace tiempo excluí el sentido de las diferencias. Para mí, un escarabajo es tan grande como un elefante. Un hombre puede ser igual de indefenso que un gusano que yace dentro de una mazorca. Cuando nos creemos superiores, no podemos ver, oír ni conversar con los que supuestamente consideramos que no están a nuestra altura, y con esta conducta perdemos la posibilidad de conocer a la mitad de las criaturas que viven en este mundo.

Mateo stretched out his arm and the bird alighted on it. At least the bird had stopped crying.

"Let me tell you something. Until a few hours ago, I was a boy. I swallowed a bird and I became a bird. I don't know what to do, where to go, whom to seek."

"It's not only big creatures who try to destroy smaller ones," Mateo said. "Smaller ones also try to do away with their equals when they are pretending to be big."

Mateo extendió su brazo y el ave se posó. Al menos había dejado de llorar.

—Debo confesarte que hace apenas unas horas era un niño, y cuando me tragué un pájaro me convertí en lo que ahora soy. No sé qué debo hacer, a dónde ir, a quién buscar.

—Los grandes no son los únicos que tratan de acabar con los pequeños —le explicó Mateo—. También los pequeños, cuando pretenden ser grandes, tratan de acabar con sus iguales.

"The first thing for you, I believe," Mateo told the bird, "is learning to recognize the seeds that will make you strong enough to survive."

—Creo que lo primero que deberías comenzar —le sugirió Mateo—, es aprender a reconocer cuáles son las semillas que te darán vigor para poder sobrevivir.

Together they went to many places. Mateo brought the bird to clear streams where the bird could take a bath whenever he felt dirty or tired. Mateo led the bird to the valley whose grasses, when dry, make for the most perfect of nests. He also showed the bird a path to the forest where he would find females for mating and beget others of his kind.

Juntos caminaron por muchos sitios. Mateo le mostró al pájaro dónde se hallaban las aguas más transparentes de los ríos para que se bañara cuando se sintiera sucio y cansado. Le señaló en qué valle brota la mejor hierba que, ya seca, sirve para construir el nido, y también le indicó el camino que conduce al bosque donde habita la que procrearía seres de su misma especie.

"Now that you know the essential things," Mateo told the bird, "just live without regrets. Having become what you are, you will see the grandeur that is the birthright of every living being, no matter how small."

—Ahora que conoces estas cosas esenciales —le dijo Mateo—, vive y olvida. Haberte transformado en lo que hoy eres, te hará conocer la grandeza que conlleva la existencia misma de cualquier criatura, por muy frágil que ésta sea.

The bird said farewell to Mateo and took off into the forest of blue grasses. Day by day, he let go the anguish of his transformation. He joined himself to the race of birds and spoke in the language of birds.

El pájaro se despidió de Mateo y emprendió el vuelo por la estera azul del bosque. Con el transcurso de los días, se fue desprendiendo de la angustia de no poder volver a ser lo que antes había sido. Se unió a otros pájaros y habló en el idioma de los pájaros.

He made a friend of the wind so as to glide through the air as gracefully as a leaf. He came to adore the full moons that once had struck fear in him. He learned to guide himself by instinct's invisible compass, between the waves of the northern sea and the highlands of the south.

Se hizo amigo del viento para planear como una hoja ligera. Llegó a adorar las noches de luna llena que antes le daban miedo. Supo orientarse con la brújula invisible del instinto. Al norte, el mar y sus olas; al sur, la tierra y sus altas colinas.

He started a family. As a father, he spoke to his brood about the difference between people who live in harmony with nature, like his friend Mateo, and other people who hide in underbrush to shoot and kill animals.

Fundó una familia. A sus crías les enseñaba a distinguir quiénes eran los hombres que sabían el lenguaje de la naturaleza y de todos los seres que en ella viven (como su amigo Mateo) y quiénes eran los que se escondían entre la maleza con el propósito de cazarlos.

One day, flying alone, he spied a children's playground—and one of the figures in it seemed to be calling him.

Una tarde, cuando volaba solo, divisó un parque infantil y una figura que en ese sitio le atraía.

Slowly he descended, fluttering above a face that looked familiar. He felt something starting to happen.

Lentamente fue descendiendo. Revoloteó alrededor de aquella imagen que le era familiar. Presentía que algo le iba a ocurrir.

A little boy's fingers touched his body. He had become a swift and clever bird who could get out of any danger; but he did not try to escape.

The boy jumped up, grabbed the bird, opened his mouth as wide as he could and swallowed.

Sintió los dedos del pequeño tocar su cuerpo. Había llegado a ser un pájaro veloz y con suficiente astucia para librarse de cualquier peligro. Pero no trató de escapar.

Finalmente el pequeño dio un salto y lo sujetó con fuerza, abrió su boca desmesuradamente y se lo tragó.

So it happened that the bird became a boy.

Y fue así como el pájaro se convirtió en un niño.

About the Author

Alejandro Lorenzo, “father” of Mateo, is a writer and artist. He was born in Havana in 1953 and studied painting at the San Alejandro Art Academy. Since 1993 he has lived in the United States.

Sobre el autor

Alejandro Lorenzo, “padre” de Mateo, es escritor y artista plástico. Nació en La Habana en 1953 y estudió pintura en la Escuela de San Alejandro. Vive en Estados Unidos desde 1993.